/《梧桐深处》书系/

雪泥鸿爪

杨卫华——

著

中国书籍出版社
China Book Press

图书在版编目（CIP）数据

雪泥鸿爪/杨卫华著．--北京：中国书籍出版社，
2021. 5

ISBN 978 - 7 - 5068 - 8479 - 2

Ⅰ.①雪… Ⅱ.①杨… Ⅲ.①诗集—中国—当代
Ⅳ.①I227

中国版本图书馆 CIP 数据核字（2021）第 096550 号

雪泥鸿爪

杨卫华　著

责任编辑　李　新
责任印制　孙马飞　马　芝
封面设计　中联华文
出版发行　中国书籍出版社
地　　址　北京市丰台区三路居路 97 号（邮编：100073）
电　　话　（010）52257143（总编室）　　（010）52257140（发行部）
电子邮箱　eo@ chinabp. com. cn
经　　销　全国新华书店
印　　刷　三河市华东印刷有限公司
开　　本　710 毫米 ×1000 毫米　1/16
字　　数　100 千字
印　　张　16. 25
版　　次　2021 年 5 月第 1 版
印　　次　2021 年 5 月第 1 次印刷
书　　号　ISBN 978 - 7 - 5068 - 8479 - 2
定　　价　95. 00 元

《梧桐深处》系列丛书
编委会

编委会主任：董　秀（女）

编委会副主任：蒋祖逸

编　　　委：（按姓氏笔画为序）

王玉祥　宁家瑞　许　评

张　帆　钟　芳（女）

徐云芳（女）　蒋祖逸

主　　　编：蒋祖逸

执 行 主 编：王玉祥

编　　　辑：张　帆

总 序
为民族文化复兴鼓与呼

伫立于百年未有之大变局中，举国上下正凝心聚力为民族复兴而奋斗，中华民族迎来了前所未有的重大历史机遇和伟大复兴的光明前景。实现中华民族伟大复兴需要中华文化繁荣兴盛。数千年的人类文明史证明，但凡优质的文化皆具有超越时空的属性和魅力，它们既是民族的，也是世界的。与此同时，那些广受认同的文化成果又是不同时代无可替代的精神标尺，它不仅能标示出文化创作个体的精神维度及价值向度，更能够丈量出具体时代的人文高度。从文化的传承发展来看，优秀的文化种子可以散播在任何地域，至于如何才能更好地生根、发芽，乃至茁壮成长，则取决于生命个体能否汲取时代精华，在漫长历史发展中流芳。

在古今中外优秀文明成果的濡染和中华优秀传统文化的引领下，近年来盐田文学艺术界日趋成熟，呈现蓬勃向上之态势。盐田地处深圳东部，依山面海，历史源远流长，地理位置优越，自然环境优美，民俗文化丰富，历来都是艺术创作的风水宝地。今年恰逢深圳特区建立 40 周年，我们欣喜地看到，在山海盐田丰富的人文气息浸润下，在盐田区文联的精心培育与指导下，在盐田广大艺术家的共同努力下，八册之丰的《梧桐深处》文丛终于和大家见面了，这既是盐田为深圳特区建立40周年献上的一份礼物，亦是艺术家们内心美好祝福的自然绽放，可谓水到渠成、锦上添花，也见证着深圳盐田文学艺术界"主力军团"来到了一个新的起点。

遍阅《梧桐深处》系列文丛可知，就艺术表现手段而言，它是一部体裁多样的文学作品集以及用文学作为底蕴的"摄影艺术集"，反映了盐田区在经济、政治、文化、社会和生态文明建设各方面取得的成就，记述了百姓的幸福生活，描绘了繁荣发展的美好景象。如此鲜明而有趣的组合，既凸显了盐田文艺界在文学创作方面的优势，也映衬出"盐田摄影艺术"在促进历史、人文和性灵相互融合方面的独特魅力。同时，这也昭示着盐田尚有更多闪光点值得继续深入发掘与展示，譬如，书画、音乐、戏剧、影视等别的艺术门类也表现不俗，渐呈崛起之势。

聚焦丛书作者们的社会身份，既有盐田区文联主席蒋祖逸先生、盐田区文联秘书长王玉祥先生及盐田区作协主席钟芳女士等各自领域的带头人，也有数位来自基层一线优秀的业余作者。他们都有着令人钦敬的共性，那就是深爱盐田这片热土，同时对文学艺术表现出异乎寻常的热爱和坚持，或许这才是他们能创作出有思想、有温度、有感染力的优秀作品的初心。

党的十八大以来，特别是习近平总书记主持召开文艺工作座谈会后，在习近平总书记系列重要讲话精神的指引下，我国文艺界引发了一股股勇于登攀文艺高峰的热流，呈现出百花齐放、蓬勃发展的生动景象。正是在新时代文化盛世下，盐田文艺乘势而上，努力创作出无愧于时代、无愧于人民的艺术佳作。《梧桐深处》付梓成册，是盐田文艺事业浓墨重彩的一笔，是深圳文艺发展成就的有机组成部分，也是中国当代文艺发展的一次有益探索。

是为序。

深圳市盐田区委常委、宣传部长　董秀

序：诗心何谓？

耿立

卫华君左手现代诗，右手旧体诗，可以随心切换，在外人看来，这是一个颇有难度的操作。我喜欢读他的旧体诗，读出的是他生命的历程，是个人史，是个人叙事。我们看《金陵求学》，这首诗是写卫华求学在外，思念家中妻子女儿，但却从女儿角度来写，就如杜甫写鄜州月，本来写怀念妻子，却从妻子角度，写妻子闺中独看，那小儿女未解这个结，问妈妈为何想念长安？

十年梦醒走天涯，三秋苦读未还家。

小女思亲当庭叫，直要阿母扮父答。

这首诗，当我读的时候，小女儿的形象，我想到的是李清照的"倚门回首，却把青梅嗅"的造型，是范成大、杨万里笔下的乡间童子，这诗有情趣，有细节，把一个想念爸爸的小女孩，要求妈妈充当的天真表现出来。

卫华的诗不止情趣，不止个人史，他还有深深的感发、思索。思给了诗以深度，思给了诗以透过生活的面相，直达人性的真相。他有一首写同学相聚的诗，一读之后，满是沧桑，如老杜那样。里面这样的句子，是命运，也是经历，是感悟，也是各种思索后重叠

1

的影像：

> 离席各自去，依依说再见。
>
> 天际余一鸿，翩翩独行远。
>
> 飘于江湖上，风雨每如磐。
>
> 问汝何所适，从心顺自然。
>
> 黄昏牛羊归，《式微》起耳畔。

我每次读《诗经·式微》都是含泪的。我想到我的鲁西南老乡晁说之所写"一唱《式微》肠九断，微乎微乎我同归"：

> 式微，式微！胡不归？微君之故，胡为乎中露！
>
> 式微，式微！胡不归？微君之躬，胡为乎泥中！

式微，式微！胡不归？归向哪里？而今，故乡早已发生了翻天覆地的变化，新农村建设、城镇化使故乡换了新的面貌，老屋没有了，村子合并了，胡同没有了，土地被置换，农民迁徙到城镇，丢弃农具，卖掉牲畜，入住楼房，彻底告别农耕，然后是用推土机夷平村落……我想，拆迁的仅仅是一座座老屋么？拆迁的是那些有形的表面的东西，那融入人生的部分呢？那些文化记忆呢？那故乡的气味呢？

我不知卫华想归到何处？他早已从鲁西南南下岭南多年，融不进城市，回不去故乡，这正是一代人的尴尬。应该说故乡或者乡愁，在某个时代是一个充满力量充满怀念的词，但这里面也有忍受，也有甜蜜，也有悔恨，我在卫华的诗歌里，看到专门有一辑，就是乡愁。但乡愁毕竟会过去，乡愁的终点，才是人的起点。只有反抗乡愁，才是一种真正的生存的哲学，才是对故土和那片土地最大的慰藉。

在新冠肺炎疫情还未散去的时候，我看到了诗人的笔触——《庚子记事》：

> 花草不知人间事，数着日子兀自开。
>
> 向使忌口有敬畏，岂得禁足无妄灾？

是啊，对自然，人是应该有所敬畏，没有敬畏便失去约束，便产生了狂妄，产生了许多不可知的灾害。让野生动物离开餐桌回归森林，让病毒回到自然。只有尊重了它们，它们才会对人类报以和谐。

卫华的现代诗，写得朴素，就像是从心里抄过来的。他很少使用修辞和诗歌的技巧，完全听从内心的召唤，自然朴素。在现代诗里，我选了一首《石化鱼》：

> 曾经
>
> 我是海里游来游去的鱼
>
> 剧烈的地壳活动
>
> 海底地震　火山爆发
>
> 把我裹进岩浆泥沙
>
> 空气隔绝　高温高压
>
> 泥沙板结岩浆冷却
>
> 慢慢地石化
>
>
> 亿万年后
>
> 我被抛在大地上

再后来

静静地躺在实验室

抑或博物馆

我依然栩栩如生

展开的鳍

片片的鳞

睁着的双眼

看不到挣扎

听不到呼唤

沉默里可有无声的呐喊

没有了呼吸

没有了自由

生命休止于那一瞬间

某个冬夜

一种神秘的力量

唤醒古老的记忆

呼啸的北风

起起落落的潮声

漫天飞雪

一朵朵飞溅的浪花

天地间

弥漫着海的气息

石化鱼

生命的一曲悲歌

自然的一段传奇

　　写这个题材的诗人，有很多，比如艾青，他是写鱼，也是写人，丁玲在看了这首诗后，说的一句话就是"这是艾青写自己嘛"，艾青的鱼化石就是对自己命运的慨叹。而卫华的《石化鱼》，我也看成是人的命运的写实，是生命的悲歌，没有了呼吸，没有了自由。我们看不到它的挣扎，听不到它的呼唤。但我们会想到，在灾难来临的时候，多少无辜的生命就是这样无声无息地接受命运的裁判。命运，何论公道？

　　卫华的现代诗偏于口语，意象端重，比如写青春与乡愁，旅次与感怀。他有一首名为《距离》的小诗，可做一标本：

三千里

是到某一方土地的距离

三十年

是到某一个人的距离

三生

是一个故事跨越的距离

三界

是一场修行跋涉的距离

　　这诗明白直豁，从空间、时间，乃至心灵、爱情，最后是超脱。

人生红尘，几人跳出三界、不在五行？但头顶的星空与内在的追求，一直是永恒的距离。距离产生美，距离也会生出隔膜，此事古难全。

卫华君，是我多年前的学生和兄弟，他向我索序，我想到的是何为诗心。我说：诗心，就是在生活里谁也无法杀死的那颗滴着血，有着蒸腾热气的滚烫的心；是具象看着世界，抽象思考命运的句子的敏感；是不甘奴役，朝向未来的路；是创造，是美的伦理，是真的宪法，是善的契约。

诗心是智慧的花朵，是人格的投射。它是进步的和追求的，它天真又狡猾，它是生活，是歌唱；它是一切的喜怒哀乐，是美酒，是舞蹈，是星星，它是诗人俯首膜拜的帝王。

2020 年 5 月 30 日于珠海白沙河畔

自 序

在十几岁的时候，年少轻狂的我曾经有一个天真的梦想，就是以后从事文学创作。它就像一颗种子，只是发了个芽，迟迟没有破土而出。究其原因，当然主要是因为缺乏这方面的天赋和才情，同时也有方方面面的限制，包括工作、生活和环境等因素。像绝大多数人一样，我也常常为了工作和生活，四处奔波劳碌，它们就像两座山，有时压得人喘不过气来，自然无暇顾及内心深处的一些渴望，更不必说早年的那些梦想了。

所幸的是，在庸庸碌碌的日常工作和生活中，我始终没有放弃对诗和远方的追求。因此，在北方教书十年后我毅然决然地"远走高飞"，在封笔十年后重新开始了诗歌写作。不是想要成为一名诗人，或是博取一些虚名，而是因为，诗是一种慰藉，是在孤独的行旅中的一种寄托，在凉薄的人世间的一个遁所。它已经成为平淡生活的必需品，就像酒之于魏晋士人，旱烟之于田间劳作的农人。诗更像是一种象征，一个隐喻，就像窒息中的一口气，黑夜里的一点光。更进一步说，它已经成为一种存在方式，就像呼吸，像脉动，就像水之于鱼，天空之于鸟。诗流淌在血液中，有时候不小心血管破裂了，它奔涌而出，洒下斑斑点点；而更多的时候，它只是静静地流淌，或如一泓止水，无声无息。相较于那些多产的诗人、作家，我的生产少得可怜，十年磨一剑都算不上，甚至曾经整整十年间没有只言片语，只剩下沉默。不止是歌吟，沉默也是一种存在方式。借用哲学家维特根斯坦的那句话，"对于不可说的，只能保持沉默"。沉默也是我对世界的一种态度，就像吟啸一样，就像呐喊一样，它们形成了一种内在的张力。劳作、沉默、吟啸，共同构成了我对这个世界的依存和超越。

但是不管怎样，诗一直都在，从少年时代起，直到现在，诗从未真正离开。也许它幽居在纤细的血管里，也许它潜伏在今晚的睡梦中，也许它流淌在岁月的河流中。站在岁月的风陵渡口，令人感到欣慰的是，那颗诗心还在，那颗赤心还在。穿过茫茫的烟尘，回望出发之地，行道迟迟，风雨中一个怀着初心的少年，步履蹒跚，徘徊不定。远方向他召唤，故乡让他依恋；理想让他憧憬，现实让他无奈。

1988 年，对我来说是一个特殊的年份：这一年我顶着压力从理科班转到了文科班，在紧张的学习之余，开始尝试诗歌创作。从这个意义上说，1988 年是我的诗歌元年。当时我把那些诗抄在一个50K 的小本子上，取名《灵感集》，也许该叫《随感录》更贴切些，后来再读起来常常会哑然失笑。在这个集子里收录了几首，虽然显得非常稚嫩，但毕竟是那段青葱岁月的一点留痕，聊作对青春的一个纪念吧。

说到高中，感慨良多，我在高中后半段遭受病痛的折磨，学习受到严重影响，没能如愿考上理想的大学，与提前录取的外语专业考试也失之交臂。曾经是学校文科班第一名的我有些不甘心，报到时带了满满一箱子的书藏在床下，准备偷偷学习，回头办个休学，回去来年再考。无独有偶，同宿舍的一个同学也有此意，他很快办好了休学手续回去复读，第二年考取了全国重点大学。而我却因家庭原因，没能实现重考的愿望。弟弟妹妹都在上学，仅靠父亲那点工资和家里几亩薄田的收入，有些不堪重负。我要是复读的话，又要增加一笔开支，推迟一年工作；而留在师范院校读书，生活补贴大体够吃，基本上是免费完成学业。作为家中老大，只好放弃重考的念头，接受家里的安排：早点完成学业，回去工作养家。人生的第一次选择，是这般无奈，甚至带有一种悲情色彩。

据说人的一生有七次改变命运的机会，我认为第一次就是高考，它是一道分水岭，在很大程度上决定了人生的基本走向，在20世纪八九十年代尤其如此。在这次至关重要的选择中，我折戟沉沙，自然难免消沉迷茫，每每以酒浇愁，以诗遣怀。《荒原狼》即是这一时期的作品，借助在黑夜中踽踽独行的荒原狼的意象，抒发孤独、迷茫和求索的情怀，引起一众落魄同学的共鸣。

这一时期，我近乎疯狂地写作，仿佛有鲠在喉，不吐不快。水在泛滥，火在燃烧，风在呼啸，雨在横扫。黄河之水从天上倾泻而下，泰山拔地而起直冲云霄。这在某种程度上暗合了尼采所说的狄奥尼索斯精神即酒神精神，而真正的抒情诗是以酒神精神为本源的。酒神精神喻示着情绪的发泄，交织着痛苦与狂喜，这是具有形而上学性质的悲剧冲动。

毕业后，我回到了家乡，被分配到县二中教学。但我没有去报到，而是要回调令回到乡间任教。那是我的母校，校长希望我回来报效，父亲希望我回来照顾家庭。生于斯长于斯，我也想用所学回报这片土地和乡亲们，颇有点当年知青或下乡支教的那些热血青年的情怀。《黄土地上的黑土地》就是描写在乡间的教书生活："黄土地上你有一方黑土地/你的犁头就扎在这三尺地。"

夙兴夜寐，青灯孤影，日复一日，年复一年。有时候心有不甘，会有一些情景和意象进入梦境："有时是黄河入海/有时是鹰或鸿雁。"河流要流向大海，年轻的心渴望飞翔。《肖申克的救赎》里有一句台词："有些鸟是关不住的，因为它们的每一片羽毛都闪耀着自由的光辉。"自由，天空，飞翔，这些是多么地充满诱惑！《生命在歌唱》进一步抒发了内心深处的渴望与挣扎："那是海风的低吟/那是澎湃的潮声/那是等待与挣扎中/生命的灵魂/在执着地歌唱。"

放弃一切机会——留在市县工作的机会，转行从政的机会，回到生活的原点，像农民一样耕耘劳作，像祖辈一样生活，这既带有归隐的色彩，又有一些悲壮的意味。很多年后，我在他乡读到存在主义大师加缪的《西西弗的神话》，顿时产生了一种强烈的共鸣。我不就是那个滚石上山却总被打回原地的西西弗吗？加缪用西西弗的神话比喻世界和人生的荒诞状态，主张直面荒诞的反抗，提供在荒诞中生存的哲学。而在遭遇西西弗的神话和荒诞哲学之前就遭遇荒诞的我，已经下意识地开始这种反抗，用精神，用脚步，从此再也没有停下来。

从乡村到县城，从北方到南方，从长三角到珠三角，一路向南，渐行渐远。宛若一叶扁舟，从黄河起航，晃晃悠悠，飘到长江、浙江，一路飘摇到珠江口。桨声灯影里的秦淮河，湖光潋镜心的玄武湖，三江交汇的老外滩，七桥十洲的月湖，成为江湖泛舟的停泊地，融进烟雨江南的印记中。而今，扁舟停靠在大鹏湾，面朝大海，春暖花开。回看这半生行迹，无意间应了诗佛王维的心迹："中岁颇好道，晚家南山陲。""行到水穷处，坐看云起时。"这叶扁舟已经行到大陆的最南端，前面就是"万里无涯际，云何测广深"的南海，可谓到了天涯海角。

屈指算下，这一路行来，纵贯五千里，从大公鸡的脖子下一直走到它的脚下，划出一道长长的弧线。这是历时二十多年的长征，风华正茂的青年走到了两鬓斑白的中年。想起南宋蒋捷在颠沛流离中写的那首《虞美人·听雨》："壮年听雨客舟中。江阔云低、断雁叫西风。而今听雨僧庐下。鬓已星星也。悲欢离合总无情。一任阶前、点滴到天明。"感时伤怀，悲壮苍凉，于我心有戚戚焉。

江湖之上风雨多，在孤舟行旅中，听风雨、感浮生自是常有的事，这方面的篇什为数不少。如《行路》："涉江衣溅湿，翻山鞋踏破"，一语道出行路之难；《秋分》："远行客犹在，羁縻心未沉。桂花香欲醉，来年孰可闻？"写在将行未行之际，表达进退不定、欲走还留的复杂情绪；《告别》："荻花枫叶的渡口/我挥一挥手/登上不系之舟/秋水长天之上/只见一抹浮云/点点鸿雁。"人来人往，经历无数次悲欢离合之后，离别显得不再那么感伤。

除了诗和远方，还有爱和乡愁。它们既形成某种张力，又构成一种平衡，并相互融汇在一起，有些对立统一的意味。从这个意义上说，我的追求里带有某种二元论色彩，虽然在哲学上并不是一个二元论者。我的世界分为两部分：现实世界和精神世界。我的地图上有两极：故乡和远方。我的脚步有两个方向：远行和还乡，毅然决然地出走，心心念念地还乡。如《乡愁》："千里黄河远，一人江湖游。小女无从语，老母泪尚流。音容可曾改？相别日已久。待到叶落时，还乡解百愁。"一人漂泊在外多年，给家里打电话，年幼的女儿一时语塞，竟不知该跟爸爸说些什么，实在令人唏嘘不已。人在江湖身不由己，只能等待叶落归根解乡愁了。

一直以来，有两种力量在支配着我：到外面的世界去闯荡，回生长的地方去休养。远方和故乡之间的张力，有时保持微妙的平衡，有时则偏于一方。不管怎样，毋庸置疑的是，脚步走得再远，心灵永远都没有走出过故乡。无论走到哪里，无论在什么时候，故乡，都是精神地理上的坐标，是磁力最强的磁场，成为梦的底色和背景。如《记梦》："我常沉浸在梦中/逆着时光行走/回到某个古渡口/乘上不系之舟/在岁月的江河漫游/田野　街巷　院落/先辈　亲人　师友/旅人呵/远方的风景各异/枕上的河山依旧。"故乡是牵挂思念的地方，是心灵舒展的地方，是精神寄托的地方。那年那月，那水那土，那人那事，以及那一种剪不断理还乱的心绪，是漫漫长路上随身携带的一壶老酒，历久弥香，要慢慢地沉淀，细细地品尝。

在天涯羁旅中，我有时会扪心自问，这么辛苦到底追求什么呢？这半生求索，也许是在回答古希腊苏格拉底那个问题：究竟什么样的生活值得一过？对于这个问题的回答，可谓仁者见仁智者见智：有人追求金钱、权力、地位，有人追求平安、健康、长寿，有人追求爱情、亲情、友谊，有人追求美德、自由、幸福……当然，如果可能的话，相信这一切我们都想拥有；如果需要排序或取舍的话，肯定会有千差万别。在这些里面，我更为看重感情、美德、自由、幸福。前者是我一再回首的，后者是我一直追寻的——自由的、有尊严和诗意的生活。德国诗人荷尔德林和哲学家海德格尔都曾讴歌

6

诗意地栖居，荷尔德林写道："人充满劳绩/但还诗意地栖居在这片大地上。"当然，在日益世俗化和科层化的世界上，人生的艺术化和诗意化只能作为一种永恒的追求。

这里就说说感情，包括爱情、亲情、友情，这本集子里都有比较充分的展现。无论是情歌、哀歌、离歌，还是乡愁、节日、酬和，都倾注了浓重的笔墨和情感。尤其是哀歌，是面对生离死别的悲歌，从先父到同学，再到这次因新冠肺炎而去世的人们——本来还有一些想写，实在写不下去也写不完。哀歌收录缅怀先父的最多，都是泣血之作。如《清明（其一）》："掐指算来/你该是走了三千里/也已经等了九百天/山高路长/你怎么从黄河岸边来到东海之滨？/夜黑雨大/又是怎么摸到我暂居的家门？/不，没有什么能阻挡牵挂的脚步/无论是千山万水/黑夜漫漫/还是阴阳相隔/""泪痕斑斑的句子/在火光中燃尽/那份哀伤久久未去/不绝如缕"。这首也是记梦之作，那个清明节的夜晚，辗转反侧，迟迟不能入睡，后来在恍惚之间就梦到了先父。一大早醒来，突然就泪如雨下，挥笔写下这些句子，其间还几度难以捉笔。长歌当哭，远在异乡的我，也只能以这样的方式缅怀英年早逝的苦命父亲。愿他安息！

我把这些诗作拿给耿立老师指导并作序。他看了说爱读那些旧体诗，喜欢"梦里泪落知多少，东钱湖小三江浅"这样的句子；至于新诗，认为写得朴素，不炫技，多口语。这些当是平和之论。每个写作者、阅读者、评论者都有各自的视角和喜好。作为一个写作者，天然去雕饰，我手写我心，是我的基本遵循，"为赋新词强说愁"的时代早已过去了，而精雕细琢既非我长又非我愿。所以在这些诗作里，思想情感占据了主导地位，艺术技巧则不太注重。也许在读者和论者看来，"真"有余而"美"不足吧，这是有待改进的地方。说句实在话，这不是熬给大家的心灵鸡汤，而是说给自己的自言自语，是与自然人生的默默对话，或行吟或欢笑或歌哭，或古体或新诗，一切都是随心所欲，任其自然。所以，有些形式被忽略了，甚至有些文字也省略了，只默念在心里，或消逝在风中。大音希声，大象无形，而这些写下来的，有的是蘸着墨水书写的，有的是和着泪水书写的，有不懈的追寻、沿途的风景，有无尽的思念、执着的爱恋，有浓浓的感伤、静静的沉思……如果人们读到这些文字时，产生一些共鸣，受到一些触发，那我深感荣幸；如果它们静静地躺在一隅，那就是其本来的命运，就像那棵长在一隅的三角梅，像那一叶泊在海角的扁舟。

"人生到处知何似，应似飞鸿踏雪泥。"这些诗句，就是泥上偶然留下的一羽片爪。飞鸿穿越在大江南北，或飞于云之上，或栖于水之湄，行止无定，不计东西。等到有一天，鸟倦飞而知还的时候，就栖于门前的那棵孤松上，在落日的余晖中，静享那一片碧水蓝天。

是为序。敬请方家和读者多提宝贵意见！

杨卫华
于深圳盐田海桐居
2020 年 6 月 1 日

目 录
CONTENTS

上卷　旧体诗

下卷　现代诗

上卷

01

| 旧体诗 |

第一辑 行 旅

人生到处知何似，

应似飞鸿踏雪泥。

泥上偶然留指爪，

鸿飞那复计东西。

——苏轼《和子由渑池怀旧》

01 金陵求学

十年梦醒走天涯，
三秋苦读未还家。
小女思亲当庭叫，
直要阿母扮父答。

2005. 6. 30

02 初到

挥别建邺赴宁波，

酷暑台风奈若何。

万里妻子相聚少，

平生故旧叙无多。

天一阁上阅残卷，

四明山间访隐者。

待到风和闲散日，

乘桴入海访普陀。

2005．8．26

03 印象

去年过江来古越，

风土人情晓粗略。

夏日酷热多台风，

冬天阴冷少冰雪。

三江交汇走龙蛇，

两湖点睛映日月。

群山环抱若覆钟，

东海宽阔凭鱼跃。

2006. 4. 30

04 乡愁

千里黄河远，
一人江湖游。
小女无从语，
老母泪尚流。
音容可曾改？
相别日已久。
待到叶落时，
还乡解百愁。

2006. 5. 25

05 行路

东明到南京，
转程来宁波。
涉江衣溅湿，
翻山鞋踏破。
当今大师少，
此地风雨多。
有心早归去，
路长奈若何？

2006．5．28

06 还乡

腊梅开时返乡去，
春风一路星星雨。
夜半扣窗惊妻梦，
二女雀跃顿生趣。
征尘未洗邀相见，
亲戚会过朋友聚。
乡风依旧故人在，
弹指岁月已如许。

2007．2．26

07 南迁

世居山东黄河边，
今朝举家迁江南。
孔雀迟迟不肯飞，
杨柳依依犹顾盼。
清晨才别慈母去，
入夜又晤先父面。
梦里泪落知多少，
东钱湖小三江浅。

2007. 2. 26

08 归期无期

常欲过年回家去，

山高水长难如期。

锦乡虽好终异乡，

桑梓再远是故里。

明州翻江倒海处，

黄河风平浪静地。

云雾迷濛湿衣衫，

田园荒芜待人理。

　　江南雨，

　　诉缠绵；

　　北国雪，

　　锁记忆。

想来围炉正夜话，

灯红酒绿迎除夕。

2012．2．7

09 行旅有寄

山上气候不宜人，
常下雨雪多风云。
心悬万古光明月，
照我天涯又一村。

2015．10．23

10 返程闻说落雪事

初逢寒潮袭，
辞粤返越地。
雪落两不见，
披风徒千里。

2016. 1. 28

11 旧地重游

春去冬来返金陵，
花开花谢旧径庭。
阶前霜叶红似火，
山上松竹犹青青。

2016. 12. 9

第二辑 即 景

空山新雨后，
天气晚来秋。
明月松间照，
清泉石上流。

——王维《山居秋暝》

12 飘摇楼有寄

向晚凭栏望，

四野笼苍黄。

天地人俱远，

一舟江湖上。

屋乱理为谁，

无妻书占床。

有闲欲何事，

诗随日月长。

2006. 5. 31

13 晨起即景

昨夜雨骤梦阑珊，

天色未明起伏案。

改罢旧作偶抬头，

几朵新秀正斗艳。

一雀飞来也逗趣，

倚窗学语吟诗篇。

人间何处不美景？

半在有心半在闲。

2009．7．1

14 秋望

昨夜风雨后，
残叶伴折柳。
看看秋将尽，
雁去水空流。

2015. 10. 3

15 梧桐山居

镇日幽居半山中，
静观浮云向远空。
夜来独行小径上，
不闻人语闻秋虫。

2016. 1. 1

16 山中夜行

向晚山中行，
万籁已初静。
尘嚣在天际，
百虫潜不鸣。
林密有似鬼，
脚轻恐蛇惊。
归来无一人，
隔帘风相迎。

2016. 1. 10

17 空山雨后

雨后树生烟，
袅袅水云间。
前峰隐或映，
缥缈如仙山。
风劲拂面来，
雾聚成流岚。
欲晴忽似阴，
乍露一线天。

2016．1．17

18 风雨归来

萧瑟北风雨未停，
苍茫暮色一伞擎。
山道行至栖身处，
满庭绿意殷相迎。

2016．1．20

19 梧桐山行

午后拨繁冗，

举步向山里。

荒草侵小径，

郁郁没人膝。

苔生青石上，

盎然尽绿意。

海芋初绽放，

静羞若处子。

野芳皆含笑，

彩蝶相与戏。

虫鸟互唱和，

藤树成一体。

左有虬龙木，

右见登云梯。

菜豆十八丈，

盆栽孰可比。

诸神在此饮，

酒同樽俱遗。

仙桃留两颗，

悬空垂欲滴。

徜徉不觉归，

暮色悄四起。

何当居林下，

俯仰观天地。

2016．3．3

20 三角梅

庭前一枝梅，
雨后兀自开。
繁花多似锦，
疏叶未打采。
翩翩若起舞，
凌空又徘徊。
忽如美姬笑，
暗香沁入怀。
山瀑飞欲侵，
壁立徒无奈。
不要有人识，
得成大自在。

2019. 2. 20

21 阳台即景

玫瑰含苞将欲歌，
太阳花开永不落。
丝瓜孤身秋千荡，
辣椒千手俱藏拙。

2019．6．8

22 庚子记事

新冠突袭骤停摆，
封城闭户断往来。
万众居家入樊笼，
鸠鹊街区扎营寨。
花草不知人间事，
数着日子兀自开。
向使忌口有敬畏，
岂得禁足无妄灾？

2020．3．27

第三辑　感　怀

江南有丹橘，

经冬犹绿林。

岂伊地气暖，

自有岁寒心。

　　——张九龄《感遇（其七）》

23 张力

半生已清零，
起步从而今。
为学难成才，
且过不甘心。
扬帆无一技，
归航有诸亲。
至善虽所止，
平淡恐是真。

2005．8．6

24 飘摇楼听雨

卧听风吹雨打声，

不问前后与西东。

三十功名尘灰里，

一世身影飘摇中。

2005．8．6

25 悟道

历经风霜阅沧桑，

云卷云舒爱平常。

人间百态如戏剧，

世上万般皆现象。①

自在之物少显形，②

西绪弗斯多在场。③

畏烦死即真存在，④

浮生若梦何感伤？

2007．2．28

---

① 在柏拉图看来，世界上的一切事物都是现象，它们都是流变的和虚幻的，只有理念是真实的。

② 康德将世界分为现象界和自在之物，我们所能认识的只是现象，自在之物在彼岸的世界，是不可知的。

③ 根据古希腊神话，西绪弗斯冒犯了宙斯和诸神，被罚往山上推石头，当他接近山顶时，石头会滚落下来，他又得重新开始，如此周而复始，永无休止。他的一切努力都是徒劳的，永远没有成功的可能。加缪用西绪弗斯的神话来比喻世界和人生的荒诞状态，这种荒诞是无处不在的，在人与世界、人与社会、人与他人以及人与自己面对时，荒诞都是不期而至的。

④ 海德格尔在《存在与时间》中把这三者作为人生的本真状态。在畏烦死时存在得以澄明和显现，人才无比深刻地感觉到他本己的存在。

26 马说

近日重读韩愈《杂说四》，感慨系之，唏嘘不已，乃和之以诗，试演绎之。

缰索枷下对空鸣，

直冲霄汉何凄厉。

未布恩泽鲜留情，

鞭策驱赶催奋蹄。

一顿能食一石粟，

半筐干草权充饥。

志远性烈难合群，

桀骜不堪任驱骑。

驽骀驴骡勤摇尾，

孰会虚心求骐骥？

受辱奴才或村夫，

默默无闻死槽枥。

谁晓肝胆俱裂时，

是否肯将双眸闭。

自从孙阳作古后，

可还有人识千里？

昌黎先生独慧眼，

更兼一支如刀笔。

2009．6．19

27 凤凰

——怀熊希龄

湘西人杰地亦灵，
镇竿山间闻一鸣。
解脱桎梏方翱翔，
浴火涅槃音更清。

2009．8．13

28 参悟

少读诗文崇飘逸，
后习哲学爱沉思。
今阅史书谙世故，
黄土一抔掩忠直。

2009. 10. 4

29 自嘲

爱如天籁感愚顽，
春风化雨沐心田。
催开桃李人悄去，
不带半草不羡仙。

2009. 11. 29

30 悲歌

欲别繁华向山林，

鸟兽虫鱼犹可亲。

雪压枯草终返青，

寒冬过后又一春。

2010．1．15

31 问道

曲径寻幽入荆林，
蓦然回首春已尽。
山水诗书茶酒道，
何处不可寄残心？

2011．5．20

32 感怀

君拂尘埃守澄明，

吾携冰玉出泥污。

蚊蝇在耳虫蛇咬，

一年四季若酷暑。

鹓鶵南海栖梧桐，

鸱鸮竞相逐腐鼠。

遥望春秋魏晋时，

偏爱道家更胜儒。

重温千古圣哲言，

仰慕中西之二苏。

竹林七贤与陶公，

魏晋名士真风骨。

　　匣中剑，

　　恐将锈；

　　墙上箫，

　　久未抚；

夙兴夜寐劳案牍。

昨日对镜须竟白，

人生苦短何所图？

功成身退淡名利，

无意招惹群芳妒。

富与贵，

如浮云；

归去兮，

莫踌躇；

逍遥最是林间路。

雨雪霏霏沐天地，

寒江独钓享孤独。

有闲开荒南野际，

月下小酌自倾壶。

且待饮尽杯中酒，

扁舟一叶寄江湖。

2015．9．12

33 秋分

入夜秋意深，
人间从此分。
拂晓天微凉，
斜照水尚温。
远行客犹在，
羁縻心未沉。
桂花香欲醉，
来年孰可闻？

2015．9．24

34 小传

世居黄河边，
耕作陇亩间。
四季颇分明，
千里皆平原。
春来百花开，
最盛是牡丹。
夏夜星斗下，
瓜地亲自然。
秋风吹凉意，
霜打金菊残。
冬季雪如盖，
冰凌成屋帘。
寒窗曾苦读，
挑灯常夜战。
天道未酬勤，
沉沙入师院。
床下一箱书，
复读终无缘。
心似东湖水，
时静时泛滥。
　弄洞箫，

抚琴弦；

声声泣，

化云烟。

痛饮酒，

缀诗篇；

胸块垒，

任浇灌。

毕业返乡里，

转圜回原点。

往来三尺地，

作息二更天。

一室做两用，

办公与睡眠。

耕耘如农人，

课余亦种田。

已无鸿鹄志，

进城即自安。

庸庸与碌碌，

蹉跎整十年。

怅然望前途，

庶几见终点。

静心始浮动，

从此生离念。

而立再求学，

抛家赴东南。
古都底蕴厚，
长江源流远。
石头若虎踞，
钟山似龙盘。
繁华秦淮河，
文枢在贡院。
明珠玄武湖，
五洲笼柳烟。
情系四牌楼，
六朝旧宫苑。
武帝手植松，
虬枝绕霜干。
中央大道旁，
法桐蔚为观。
桂花沁心脾，
丝竹诉缠绵。

　　清幽处，
　　书香漫；
　　超物外，
　　求至善。
　　追传统，
　　修道德；
　　研西学，

作思辨。

先秦和希腊，

跋涉溯渊源。

辞苏赴宁波，

结庐月湖畔。

甬城小碧玉，

古老亦新鲜。

余姚河姆渡，

文明七千年。

春秋越国地，

东晋筑城垣。

海上丝绸路，

自古通日韩。

浩渺东钱湖，

陶公隐其间。

三江穿城过，

汇聚老外滩。

天一藏古今，

善本八万卷。

捕鱼石浦镇，

观鸟杭州湾。

江浙风物美，

盛名非虚传。

属意终老地，

奈何行将迁。
虫蛇伏道旁，
举足如临渊。
狴犴吠无休，
气势汹欲燃。
孔雀东南飞，
避寒以寝安。
南方在何方？
江南复岭南。
春来风正举，
阴霾吹可散。
再展未老翼，
飞向大鹏湾。
峰峦千万重，
凌虚穿云汉。
极目南海阔，
栖于梧桐山。
烟雨成一景，
缥缈多变幻。
梅沙宜踏浪，
风正可扬帆。
一街分两制，
古榕成奇观。
根深方叶茂，

饮水当思源。

岁末交九日,

绿意犹盎然。

吟啸竹林中,

俯仰天地间。

此生更何觅?

归处是盐田。

2015. 12. 27

35 独酌

夜深归来无聊赖，

饮到半酣始入眠。

梦里不知为新客，

犹在四明月湖畔。

中岁孤身走天涯，

是非成败犹难断。

拼却余生作豪赌，

纵无一文买酒钱。

2016. 3. 12

36 江城子·秋分

风轻云淡野茫茫。

鹊桥长，露为霜。

吟罢楚辞，

天地各一方。

屈原事君以忠信，

赤子心，终成殇。

寄身江海岂相忘。

关雎唱，钟鼓响。

翻尽诗经，

秋水漫心房。

寤寐之间忽返乡，

楼空在，人何往?

2017. 9. 24

37 陈观玉

中英街上活雷锋，

助人救命贯一生。

扶贫济困倾百万，

残烛照亮数千灯。

2017．10．6

38 酒歌

千杯不醉谁与共？
万古沉睡勿复醒。
今夕举樽邀李白，
明朝抱坛访刘伶。

2017．11．23

39 杀青

历时两个春秋，书稿终于完成，寒来暑
往，废寝忘食，聊以数字寄怀。

春去秋来早，

暑尽寒未了。

孤影月独伴，

辍笔天欲晓。

2018．2．8

第四辑 节 日

西北望乡何处是，

东南见月几回圆。

昨风一吹无人会，

今夜清光似往年。

——白居易《八月十五日夜湓亭望月》

中秋节十二章

40 思亲

天上星斗地上人，
撒向无际聚亦分。
遥望妻子兄弟在，
却做南国孤游魂。

        2005．9．17

41 怀友

去岁今夕兰园中，
丹桂飘香恍如梦。
旧交云散各处去，
明月依旧伴秋风。

2005．9．18

42 怀重慈

清夜无尘月如霜，

又闻床边纱车响。

鬼神故事天天有，

民间戏曲絮絮唱。

风起走来掖被角，

犬吠停下掩门房。

摇篮曲中恍入梦，

醒来天地两茫茫。

2006. 10. 6

43 答友（其一）

万古明月今未老，
四海游子同此照。
但有心中嫦娥在，
独居冷宫寂寞消。

2006. 10. 6

44 随感

明月秋风本无意，
游子思妇常寄情。
醉翁赏秋秋思起，
黛玉观花花泪生。
喧嚣市间听喧嚣，
清静山中守清静。
红尘浪里任沉浮，
孤峰顶上做修行。

2007．9．29

45 记梦（其一）

又逢中秋桂飘香，
月自皎洁花自芳。
故人随风潜入梦，
携我千里到故乡。

2009. 10. 3

46 怀师

又到中秋赏月明，
方觉五载别金陵。
千里逐梦有萍聚，
一朝散作满天星。
岂无念师怀友意，
琐屑繁多问候轻。
忙里偷闲书犹读，
岁月蹉跎学不精。
今夕北望遥致意，
寄于朗月和清风。

2010．9．22

47 记梦（其二）

倏忽八载离东明，
聚散漂泊总无定。
几度梦里回家乡，
闭眼即是在五营。
往事多年犹历历，
故交今日尚年轻。
醒来欷歔又反侧，
身世浮沉如絮萍。
旧时朋伴陈年酒，
载舟天涯风雨行。

2010．9．23

48 致友

四明今夜无月明，

窗外微雨逐秋风。

君在故乡倘得圆，

且寄南天飨旧朋。

2010. 9. 22

49 答友（其二）

天命已知何奔忙，

人生苦短乃无常。

月有阴晴今复圆，

几多游子在异乡。

夜空星辰可寂寞？

相隔万里惟遥望。

宇宙浩渺江天阔，

心海无垠亦坦荡。

2014. 9. 8

50 答友（其三）

秦风汉月亘古天，
由来寄意人世间。
中庭飘飘千片叶，
长空漠漠两声雁。
夜雨潇潇涨秋池，
松涛阵阵漫巴山。
尽把相思付一醉，
便乘孤舟下岭南。

2015．9．29

51 凭栏

风起东南搅中秋，
月出重云解乡愁。
三千里外水天处，
夜半凭栏数归舟。

2016. 9. 16

元宵节四章

52 感怀

火树银花明月天，
小楼独坐想联翩。
借问人世几回春，
半生倏忽一梦间。
破釜沉舟突围去，
乡愁亲情终难遣。
前路漫漫望不尽，
归期遥遥枕无眠。
跋山涉水何所求，
魂牵梦系为哪般？
离开家园寻家园，
来于自然归自然。
自古游子常寂寞，
而今先哲唯作伴。
偶同两人谈诗书，
常守孤灯劳牍案。
三回九转登高处，
岚雾苍茫不胜寒。
温柔乡中风波起，

繁华落尽是平淡。

我欲化鹤驾云飞，

系缧重重翅莫展。

有心乘桴入东海，

无奈藕断丝犹连。

孤峰顶上作沉思，

红尘浪里任滚翻。

2009．2．9

53 答友（其四）

缤纷礼花连珠炮，
堪比除夕更热闹。
三江口处灯辉煌，
稍逊金陵夫子庙。
秦淮月色当依旧，
观景故人千里遥。
逝者如斯东流去，
淘尽前尘与今朝。
始皇长城今安在？
康乾明园化墟草。
兴衰成败如轮回，
沉浮荣辱付一笑。
悠悠历史寓真理，
茫茫苍穹蕴大道。
独坐高楼斗室中，
静观繁华听喧嚣。
不夜城内往来客，
灯红酒绿任逍遥。
漫说纵情求醉梦，
今宵过后待何宵？

2011．2．17

54 答友（其五）

好月不常有，

再赏须经年。

春节从此过，

揖别又行远。

谋生路迢迢，

求道更漫漫。

寒愁随冬去，

春意已盎然。

2017．2．24

55 和妹

烟花开处喜相逢，

春风明月两融融。

良辰美景寻常有，

故人同赏寥亦匆。

犹念子瞻和子由，

阴晴圆缺相与共。

至若伯牙钟子期，

高山流水千古颂。

平淡最是生活味，

且看万绿间一红。

2017．2．25

56 元日致友

共饮黄河水，
多年未曾识。
聚会长江畔，
弃文求哲理。
山东风俗淳，
江南气候异。
金陵亦故乡，
不觉又别离。
绵绵梅雨天，
悠悠丝竹地。
趣味兼中外，
席散分东西。
几度再回首，
君终重游历。
一絮飘空中，
九龙潜湖底。
归隐尘嚣间，
读书长干里。
无欲则至刚，
有德任孤寂。
端居高山上，

伯牙待子期。

骑牛牧童过，

御虎猎人起。

他日得相逢，

把酒再促膝。

岁寒梅愈香，

路远马奋蹄。

择一飞雪夜，

围炉同赋诗。

秦淮旧月下，

泛舟向天际。

2010．1．1

57 重阳节

秋雨休处逢重阳，

天高云淡胜春光。

一池碧水起微澜，

满山红叶欲绽放。

宇宙浩渺谁望尽，

人生无常何奔忙。

闲来东海临泛去，

孤舟随波听晚唱。

2010. 10. 17

58 腊八

老大离家走四方，
多年未尝粥米香。
夜来常闻汽笛声，
莫非催客早归航？

2016. 1. 17

第五辑　四　季

春有百花秋有月，
夏有凉风冬有雪。
若无闲事挂心头，
便是人间好季节。

——释绍昙《颂古五十五首（其一）》

59 夏行

三门湾畔边塘中，
柑桔葡萄绿映红。
尘嚣不知何处去，
静听海语穿林风。

2006. 8. 6

60 秋兴（其一）

酷暑渐消享清凉，
天高云淡金风爽。
桂菊兰花纵谢尽，
犹有孤芳自可赏。

2009．10．4

61 春夜①

乡土一别近十载，
园中桃花为谁开？
春风窥梦潜入户，
疑是北国故人来。

2011．3．1

---

① 发表于《中华辞赋》2021 年第 3 期。

62 秋兴（其二）

远山静立云出岫，
风吹叶动水自流。
花开不为人来赏，
雁去只因到深秋。

2015．10．4

63 秋兴（其三）

酷暑渐消入静天，

水波不兴云淡淡。

万古沧桑纵阅尽，

千里归来犹少年。

2017．8．7

64 秋兴（其四）

——夜听《秋窗风雨夕》

秋风习习遇台风，

秋花惨淡遽飘零。

秋雨绵绵似无尽，

秋池荡漾久难平。

秋夜漫漫殊未央，

秋窗青灯伴孤影。

秋虫声声几时休，

秋野无人有谁听？

秋月皎皎将欲圆，

秋千空荡叶满庭。

2017. 9. 10

65 秋兴（其五）

深居简出疏人烟，
食草听虫归自然。
风风雨雨过眼云，
朝朝暮暮入流年。

2018. 8. 8

66 春意

冬随旧年寒意去，
春在山野街巷中。
南粤得风由来早，
新岁万绿一抹红。

2019. 2. 8

第六辑　怀　旧

荣枯尽寄浮云外，

哀乐犹惊逝水前。

日暮长堤更回首，

一声邻笛旧山川。

　　　——许浑《重游练湖怀旧》

67 聚会

忆昔同学少年时,

寒窗苦读犹历历。

西屋孤影补功课,

东楼七子作儿戏。

杯里流光不觉飞,

席间重回韶华际。

春去秋来池水静,

风轻云淡映天地。

2007. 2. 26

68 记梦

锦乡虽好欲还家，
又梦村前种豆瓜。
祖父音容宛若在，
烟火明灭话桑麻。

2009．5．10

69 观聚

旧颜在或改，
屈指十五年。
天地各一方，
同城少谋面。
柴米与儿女，
非是情意淡。
身居古越地，
心向黄河边。
故土魂中系，
师友梦里牵。
闻讯赶来迟，
曲终人将散。
栩栩皆如初，
记忆未曾变。
执手四目对，
相见别亦难。
高谈复低诉，
不觉日已晚。
情到至深处，
欲语却忘言。
离席各自去，

依依说再见。

天际余一鸿，

翩翩独行远。

飘于江湖上，

风雨每如磐。

问汝何所适，

从心顺自然。

黄昏牛羊归，

式微起耳畔。

浮云入岫时，

倦鸟北飞还。

2009．7．17

70 献词

　　初入一中，十有六七；少不更事，唯知学习；求知若渴，废寝忘食；粗茶淡饭，清苦无比；同甘共苦，相互砥砺；同学情深，何分我你；寒窗共读，结下友谊；毕业离校，各奔东西；天南海北，音信渐稀；囿于生活，缺少联系；蓦然回首，二十年矣；闻听聚会，激动不已；感慨良多，言难尽意；讷口拙笔，谨致献词：

　　　　天地悠悠，岁月匆匆；

　　　　当年小树，参天高耸；

　　　　枝繁叶茂，郁郁葱葱；

　　　　菁菁校园，人去楼空；

　　　　莘莘学子，漫天蒲公；

　　　　五湖四海，难测行踪。

　　　　三十六行，术业专攻；

　　　　政法文教，经医工农；

　　　　钻研石油，翱翔长空；

　　　　热血志士，军旅建功；

　　　　远涉重洋，学贯西东；

　　　　多返桑梓，挑梁成栋。

二十年间，行色匆匆；

久不谋面，联系渐松；

岂是淡薄，各有苦衷；

生活轨道，自成一统；

家庭事业，凡此种种；

人虽有别，小异大同。

莽莽黄土，赋予厚重；

汤汤河水，滋育恢宏；

黄河儿女，同源同宗；

寒窗共读，情深意浓；

昔日师友，心心相通；

永远家园，东明一中。

2010. 9. 24

71 挽歌

——悼袁安国

男儿有志在四方，

投笔从戎戍边疆。

安邦定国是夙愿，

金戈铁马遂梦想。

背井离乡才返程，

别妻抛子又启航。

大道通天君且去，

化作星辰放永光。

2016. 5. 23

72 抚箫

半生辗转未离身，
少年情怀游子心。
牡丹乡里初学成，
五营村头对暮吟。
扬子江畔和梅雨，
四明山上啸竹林。
雪中吹得梅花落，
月夜奏到群星隐。
一曲秋问愁满川，
二泉映照人世辛。
悠悠天地思先哲，
滚滚红尘待知音。
今夕重抚不成调，
流水落花看将尽。
隆冬静候阳春至，
任它霜风染两鬓。

2017．12．23

第七辑　酬　和

家国各万里，
同吟六七年。
可堪随北雁，
迢递向南天。

　　——慕幽《冬日淮上别文上人》

致宋君九首

73 话别

君去贵阳我来甬，

一路飘摇如浮萍。

何日待到山水转，

抚今追昔话金陵。

2005．8．6

74 流年

——和《观雪》

乡音和雪皆欲期，

梦越千山心所系。

匆匆而来匆匆过，

年年岁岁无穷已。

当日少年今安在？

不觉发间抽银丝。

人生苦短何可长？

仰望星空融天地。

2012．1．30

75 征途

——和《杂赋》

一头黄牛两白鹭，

耕在大地飞天幕。

书山巍巍齐云高，

人海茫茫追程朱。

千里求索如长征，

万古修道无坦途。

且将冰玉养澄明，

他日相与饮屠苏。

2015．9．12

76 贺词

——闻宋君答辩

路漫日将落，

宋君苦求索。

九月有佳讯，

六载未蹉跎。

书山探幽径，

学海伴渔火。

一朝化蝶飞，

万里长天阔。

2015．9．19

77 阅兵

—— 和《十一祭》

时至今日风雨停，
云开雾散天初晴。
百年屈辱进史册，
一朝辉煌看阅兵。
钓鱼岛上谁钓鱼，
太平洋里岂太平？
但有边地狼烟起，
投笔仗剑请长缨。

2015. 10. 1

78 会意

——和《青苔》

日月山川苔与萍，
万物自在本性命。
草长花开君偶见，
会心一笑两灵明。

79 守望

——和《朱门村行》

金陵远山静，
朱门翠竹幽。
出入尘世里，
独守在危楼。

80 画像

——和《答辩谢师宴》

一去有十年，

只身赴千里。

漫漫求学路，

巍巍登云梯。

面壁苦修道，

向隅参伦理。

回首青天外，

把酒临风起。

2015．11．23

81 寄意

——和《无题》

四季轮回草木凋，

各在旅途山水绕。

但有清风与明月，

黔粤千里一目遥。

2016. 1. 10

致夏公两首

82 寄语

午后闻声暗自悲，
人前未便论是非。
叔夜慷慨争曲直，
嗣宗玄远求沉醉。
屈原高驰赋绝句，
东坡行藏作突围。
常言人心不可测，
胸怀坦荡任进退。

2006．4．12

83 夏至

书山学海堪称道，
道德文章当期许。
小人戚戚逐名利，
先生坦荡随兴趣。
一身正气贯长虹，
十万甲兵惧项羽。①
春色已尽抬望眼，
不觉夏至心亦绿。

2006．6．22

---

① 夏先生以研究、讲授项羽而著称。

84 寄语

——致赵老

忙过一生且偷闲，

世事纷扰袖手看。

雨雪霏霏对酒歌，

长夜漫漫听笑谈。

2006．4．30

85 赤子

——答龙儿

我方驱驰向九天，

每欲徐行享清闲。

沉默多在淡出后，

争论常因太不堪。

赤子不必八十岁，

随心所欲即如仙。

胸无城府率性去，

襟怀坦荡何忌惮？

养生应当崇无为，

宁静只须顺自然。

闻君说傻心有戚，

豁然开朗守平凡。

2009．12．13

86 选择

——和三觉

学者皓首以穷经，

文为稻粱徒虚名。

何当出为百夫长，

策马挥剑扫菊樱。

2015. 10. 3

下卷

02

| 现代诗 |

第一辑 青 春

遂翻开那发黄的扉页

命运将它装订得极为拙劣

含着泪 我一读再读

却不得不承认

青春是一本太仓促的书

——席慕蓉《青春》

01 追寻

人去楼空在

时过景独存

茫茫秋色望不尽

夕阳老树鸟长吟

同游知何处

欢笑已蒙尘

1988．11．12

02 石墩

依稀记得

小时候常在门前的石墩上

爬上爬下

或者躺在上面

享受一番太阳的温存

看天上流云

听四季的风

有时在天马行空中

酣然入梦

不知什么时候

也不知什么人

把你扔进前面的水塘

只留下疤一样的土坑

童年的梦

从此没有了温床

剩下一片空白的天空

1988. 11. 12

03 落叶

一片落叶

在风中飘零

像一声长长的叹息

划着一个连环的句号

辗转回到了大地的怀抱

我轻轻捧起这片落叶

仿佛考古学家辨识甲骨文字

那样激动

谨慎而好奇

这经络交错的黄叶

分明是秋的一页断笺

记载着自然和生命的奥秘

1988．11．16

04 童年

依稀记得

那个封进记忆的童年

下河戏水捉鱼儿

在田野里游荡

听蝈蝈奏鸣

蝉的歌唱

捏个泥人

堆个雪人

一展想象的翅膀

依稀记得

那个溶进月色的童年

没有电灯电视

晚上常玩的游戏

就是捉迷藏

风高月黑

白胡子爷爷的鬼故事

乘着夜色登场

闹得小伙伴草木皆兵

人心惶惶

依稀记得

那个蒙上烟尘的童年

躺在小火盆烘热的被窝里

听奶奶哼那不成调的坠子书

重复那些老掉牙的故事

如豆的灯火

转动的纺车

锭子上发出的嘤嘤嗡嗡声

构成乡村古老的场景

在这支摇篮曲中

进入梦乡

童年呵

渐行渐远的童年

生命之河的滥觞

总也说不尽的故事

再也回不去的时光

1988．11．20

05 荒原狼①

总也摆不脱

那个冬天的记忆

北极星隐没了

狼群隐没了

空旷的荒原上

我踽踽独行

寒冷　饥饿

孤独　迷茫

漆黑的夜里

我一声嗥叫

旷野中回应的

是呜咽的朔风

北极星隐没了

狼群隐没了

天地间

只有无尽的虚空

---

① 　收入《黄河浪》1992 年第 1 期。

忽然

神秘的召唤响起

来自遥远的草原

一颗星闪亮

在浩瀚的苍穹

1991．10．15

06 生命在歌唱

我原是大海中的一只贝

涨潮时踏浪而来

波涛汹涌中

我用生命来歌唱

我歌唱自然的奥秘与神奇

我歌唱太阳的光辉与能量

我歌唱大海的宽广与深邃

我歌唱生命的杰作与梦想

在拍岸的惊涛中

我踏上陆地

松软的沙滩下面

充满未知的神秘

退潮了

我被抛在沙滩上

呼啸的风中

没有了海的气息

不再奢望重返海洋

安于脚下这片土地

我想再次放声歌唱

扬尘很快堵满口腔

我想展开外壳漫步

可离开海水在沙地

不再能够自由徜徉

粗暴的沙砾闯进来

给我重重的创伤

柔弱的心一次次流血

然后一次次坚强

艰难地挪动脚步

留下一道殷红的足迹

艳羡那些两栖类

可我不会地上爬行游戏

只有紧闭两扇贝壳

在梦中张开翱翔之翼

沧海桑田

大海成为遥远的传说

声嘶力竭的呼唤

在岁月中风干

风沙一天天袭来

将我层层淹没
深埋千年

也许某一天
有人把我挖出来
他将看到磨损的花纹
撬开坚硬的外壳
一颗硕大的珍珠
闪闪发光

生命的光华呵
磨砺的结晶
请闭眼俯耳倾听
一种奇妙的声音
穿越茫茫风尘
在空中弥散

那是海风的低吟
那是澎湃的潮声
那是等待与挣扎中
生命的灵魂
在执着地歌唱

1993．4．26

07 黄土地上的黑土地

这里是黄土地
世代生活的黄土地
黄土地上你有一方黑土地
走过去是两步
走过来是两步
你的犁头就扎在这三尺地

清晨
在悠扬的铃声中醒来
洗漱，早操，晨读
开始忙碌的一天
备课，授课，辅导
批改作业试卷

呵，说到试卷
油印试卷
也许日后值得怀念
刻笔，蜡纸，钢板
铁笔在蜡纸上吱吱作响
油墨味在整个屋子弥漫

宁静的夜晚

青灯孤影相伴

在秋虫的呢喃中入眠

间或会有梦来

有时是黄河入海

有时是鹰或鸿雁

四季的风

不时敲打我的窗子

那是信使传递远方的消息

一觉醒来

潮湿的枕上

还有一段残梦

晨光照进来

铃声响起来

人们走过来

一群群人在这条路上走着

一代代人从这片土地走过

从花开到花落

你站起身

在微凉的晨风中

向着黑土地走去

向着春天走去

1993. 11

08 不落的青果①

秋风起时

金黄的果子纷纷坠地

我是一枚青果

孤零零地挂在树梢

一任秋风横扫

冬的全景缓缓展开

雪不无谄媚地

给那张布满污垢和麻子的老脸

涂上厚厚一层粉脂

大地显得纯洁而安详

风雪扑打着我的面颊

却不能迷住我的眼睛

酷寒使我无法生长

绿色的血液依然奔流

声若巨雷

势如洪峰

---

① 收入《当代新人优秀作品评析》,武汉大学出版社,1995 年。

我小心地储起全部营养
供给生命
去实现一个神圣的愿望
每一个寒冷的夜里
我都咬紧牙关苦苦支撑
等待和期盼呵
我固执地相信
遥远的地平线上
春已悄悄启程

1994．7．13

09 文明的初曙

古猿下到地上

洪荒时代戛然而止

坚果，块根和野菜

填不饱饥肠辘辘的肚子

刀耕火种

文明从此起步

从混沌中走来

从黑暗中走来

无数代人终其一生

完成童年的学步

燧人钻木取火

烤熟食物

伏羲结网捕鱼

驯养禽畜

神农遍尝百草

种植五谷

春天的曙光中

弥散着作物生长的声音

初生的狗儿依偎在人身旁

骨笛声中

人们围着篝火载歌载舞

遥远的高原上

黄河的涓涓细流

正从巴颜喀拉山北麓

缓缓流出

1994．9

10 又是槐花飘香的时候①

又是槐花飘香的时候

干燥而狂暴的风里

注进一丝温柔凉意

一股芳香扑面而来

不觉间醉倒了你

又是槐花飘香的时候

槐花打开尘封的记忆

跟着风信子飞呵飞

一头撞在槐树上

落英缤纷如雪下

猴子似的爬进花间

鸟儿一般沿上枝头

树下祖母踮起小脚

心悬在半天云里

你的心花于是怒放

又是槐花飘香的时候

---

① 收入《汕头作家》2020 年第 5 期。

女人们拿上钩儿篮儿

钩取一篮锦绣

也钩起悠长的岁月

古老的乡韵

欢愉的面庞

修长的手臂

浩荡的春风里

一群采花的女人

站成风姿绰约的花神

又是槐花飘香的时候

春光在槐花里流动

生命在芬芳中鲜活

1995. 5. 4

第二辑　情　歌

我可以锁住我的笔

为什么　却锁不住爱和忧伤

在长长的一生里

为什么　欢乐总是乍现就凋落

走得最急的都是最美的时光

　　　　　——席慕蓉《为什么》

11 如果

如果不是
那个温煦的午后
走进你的院子
生活将是另一个样子

如果不是
那如花的笑靥
装点了图画
色彩不知会如何调理

如果不是
那一湾秋水
被轻风拂过
湖面便不会泛起微波

山高水长
我停下跋涉的脚步
回一回首
一树枫叶在风中婆娑

1993．2．25

12 邂逅

世界很大
望不尽茫茫苍穹
世界很小
狭路也能相逢

不期然的对视
电闪雷鸣
大雨倾盆而下
浇灌含苞待放的心灵

跋涉千山万水
历尽前世今生
只为那深情的回眸
和一个朦胧的背影

擦肩而过的瞬间
定格成了永恒
千年后
依然出现在无数人的梦中

　　　　2011. 11. 3

13 思念

期待你的出现

在风和日丽的午后

在烟雨迷离的窗前

在醒来的时刻

在有梦的夜晚

期待你的出现

听风的气息

看过往的车船

放风筝高飞

等南来的鸿雁

日升日落

过尽千帆

春去秋来

落木萧萧而下

眼泪在等待中风干

望眼欲穿心似穿

那无比遥远的地平线

雁去雁回的哀鸣中

形如枯槁

鬓若霜染

终有一天

你从身旁走过

却不见我的面容

听不到我的呼唤

我已化作一块石头

守候在你必经的路边

2011．11．5

14 多少

多少次

你的容颜浮现在眼前

人面桃花

笑靥秋波

牡丹花开的季节

你不期而至

款款而来

翩若惊鸿

仿佛春天一个迷离的梦

多少年

你的名字印在脑海

身影消失在人海

我四处遍寻

无功而返

春夏秋冬

日升日落

我望眼欲穿

朝思夜盼

这个迷藏游戏

一做就是近三十年

多少路

我东奔西走

跋山涉水

渐行渐远

追梦

是诗与远方

忆梦

是你和故乡

多少人

在生命中

来来往往

成为过客

或模糊的背景

而你

在不经意间

推开那道重门

登堂入室

一不小心

成了端居圣殿的

雅典女神

　　　　2016．6．4

15 千万

我走遍千山万水

追寻诗和远方

却蓦然发现

人间最美的风景

在出发地

在记忆深处

是梦萦的故乡

和如花的你

我曾有千言万语

想对你诉说

却不见你的踪迹

悠哉悠哉的思念

倾吐进九节箫管

在村头河边

在未央之夜

幽幽地奏起

我曾经千呼万唤

你的名字

却听不到回音

你躲在世界的一隅

默默无闻

月缺月圆

花开花落

四季的风中没有你的气息

我纵有千愁万绪

难以抑制

也只能遣之以酒

付之于诗

在沉醉中释怀

在文字中倾注

时光荏苒

不绝如缕

2016．7．3

16 新生

黑夜

从午后降临

你与世界分开

成为你自己

孤独而自由

面对黑暗

面对心

静静地等待吧

或者酣然入梦

安享那些无忧无虑的时光

在苹果园里

葡萄树下

在藤萝小院

青衣戏台

在夕阳余辉中

地老天荒

千里之外

有人也在静静守候

默默祝福

一同期待那个黎明

万道霞光

是太阳披上的锦绣

只为迎接这一个

美丽的新生

2016．8．31

17 距离

三千里
是到某一方土地的距离
三十年
是到某一个人的距离
三生
是一个故事跨越的距离
三界
是一场修行跋涉的距离

2017. 10. 18

18 寄语

心有太阳

眼前总是光明

风雨遮不住风景

只见绿肥红瘦

生意葱茏

心有明月

每晚都是朗照

黑暗挡不住遥望

只见朗朗乾坤

浩瀚苍穹

心有纯真

何时都是芳华

沧桑消不尽青春

只见陌上花开

少年归来

2018．2．9

第三辑　离　歌

我并不是立意要错过

可是我　一直都在这样做

错过那花满枝桠的昨日

又要错过今朝

今朝　仍要重复那相同的别离

　　　　——席慕蓉《送别》

19 行路

船头一片美丽云彩
忽而化作满天阴霾
莫非冬雨即将来临
还是流云变幻难猜

风餐露宿漂泊在外
风雨岂能把你侵害
孰知饱经风霜旅人
更将和煦阳光期待

严冬过后春暖花开
阴晴圆缺自是常态
千山万水放舟行去
归来乡间养花种菜

2007．2．2

20 告别

如果所有的话

都在那些夜晚说尽

那就选择沉默吧

或者悄悄地淡出

让一切

湮没于岁月的风烟

荻花枫叶的渡口

我挥一挥手

登上不系之舟

秋水长天之上

只见一抹浮云

点点鸿雁

2009．10．12

21 距离

一颗星

与另一颗星

离得太近

灾难就会悄悄逼近

一颗星

与另一颗星

离得太远

信号就要穿越万年

不离不弃是彼此的相期

若即若离是长久的秘密

2009．10．12

22 片断

春末
繁花开尽
天气开始变得燥热
出去透一口气
相逢在茫茫人海中

夏日
暑气难消
傍晚到江边漫步
听听流水
望望星空

金秋
桂花飘香
你又启程
挥一挥衣袖
汇入到茫茫人海中

而我
在远处静静地注视
送上祝福

然后出发

继续一个人的远征

总有一些时光分享

总有一段旅途同行

于是有了

随机偶然

斑驳陆离的生命

每次独自上路

卷起行囊

去人迹罕至处

领略寂寥空旷

雁过无声的风景

也许某些时候

你会成为别人的风景

抑或日渐模糊的背影

这世界人来人往

有人走进视线

有人淡出梦境

2011. 10. 29

23 春祭

三月将尽
把思绪留在这里
让浩荡的春风
刮得纷纷扬扬

清明将近
把忧伤洒在这里
让绵绵的春雨
淋得淅淅沥沥

夜色渐浓
把赤心坦在这里
让阑珊的灯火
映得鲜红欲滴

2018. 3. 31

24 静观

风起，风息
雨落，雨止
花开，花谢
云卷，云舒

人来，人往
人聚，人散
人生，人死
灯亮，灯灭

天涯，海角
日月，星辰
万般，阅尽
闭目，养神

2019．4．20

25 密码

三天
三月
三年

三十
三百
三千

三生
三面
三心

2019．5．4

第四辑 哀 歌

月是盗梦的怪精，今夕，回不回去？

彼岸魂挤，此岸魂挤

回去的路上魂魄在游行

而水，在桥下流着，泪，在桥上流

——余光中《中元夜》

26 父亲节上又逢父

一、重逢

又和父亲相见

在这个温馨的夜晚

在家乡的小路上

在梦中

当我在村头那所学校

喝了一杯茶

准备回家的时候

在那条乡间小路上

我们陌路重逢

是不期而遇

还是冥冥之中早已注定?

莫非

为了这一刻

你竟等了千百个日夜?

想到此

我难以卒笔

禁不住泪落如雨

你一如当年

我也未曾改变

谁说时光不会倒流

我们分明又回到从前

这种感觉

真好

让我再一次泪花怒放

时空乃至阴阳

并非难以穿越

那些执着的愿望

终有一天会实现

只要心诚意笃

有一个朴素的观念

当远方的亲人想你时

就会托梦来

梦既非无稽

也不神秘

梦就是生活和思想

一种直觉或隐喻

二、渔事

爸，你在天堂还好吗？

是否还常常结网捕鱼？

织网是你的一手绝活

一下又一下

一次又一次

你都认真完成每一道工序

熟练而细密

长大后我们才明白

你把爱、悲欢和憧憬

都织进渔网里

织网就是编织生活

编织未来

每一张网

都有一些鲜为人知的故事

和一些梦

而我们

就在这梦中渐渐长大

捕鱼是你的最爱

每次休假回家

你都要带我们去捕鱼

即便是在农忙时节

我们还记得

妈妈曾经为此生气

小时候最开心的事

就是跟着你捕鱼

我们走遍家乡的河汉和池塘

你总能准确地判断鱼情

看好位置

迅即出手

你撒网的动作刚劲有力

渔网如一只脱兔

更像大鹏展翅

凌空飞起

一道优美的弧线

从眼前划过

扇子一般唰地展开

罩住一片圆圆的水域

你拉网的速度很慢

有时候小心翼翼

那是你感觉到有大鱼落网

开始拉网的时刻

你就能估摸出这一网的收获

呵，拉上来了

活蹦乱跳地

大鱼、小鱼、泥鳅、虾米

夹杂着水草、瓶子和淤泥

每一次撒网
都是一次小小的期待
每一次拉网
都带有一点点神秘
伴随或大或小的惊喜
而时光
就在这期待和惊喜中
缓缓流过

你一定还记得
那一年的汛期
我们在村前的小河
捕到两条红尾的黄河鲤鱼
这可是难得一遇的吉祥物啊
当你放弃拉网
不顾一切地跳进激流
抱起孩子一般的大鱼时
全场沸腾了
人们涌上前去
用高粱穗子穿起鱼鳃
兴高采烈地抬回村里
当然，这次的代价也很惨重

你心爱的渔网

不小心被急流冲去

有得必有失

或许这就是生活教给我们的朴素哲理

鲜美的鱼汤

让乡亲们大快朵颐

在那个清贫的年代

是鱼滋养了我们的身体

也留下了许多快乐的记忆

三、还乡

你提早结束了漂泊的生活

告老还乡

回到我们身边

完成生命中最后一次转身

仿佛这时

你才找到属于自己的角色

早出晚归

废寝忘食

比地道的老乡更卖力

你是想要补偿什么

还是感到某种挤压

你听到时光残酷的哀号了吗

还是仅仅出于

对故土的爱

和对家的那份责任?

在田野的风中

在泥土的气息中

在乡亲的陪伴和孩子的嬉闹中

劳作

也许是一种莫大的幸福

自然焕发出无穷的力量

傍晚

闻一闻花果的香气

听一听虫儿的欢唱

和麦苗拔节的声音

或者静坐在家里

听风行水上

雪落瓦间

看天上浮云来了又去

这对从城市尘嚣归来的你来说

又是怎样的一种幸福

天堂也是如此这般的福地吧

四、乡愁

难道这是一种宿命

在你回到黄土地圆梦之后

我们却背弃了

父母在不远游的古训

相继南下

来到城市寻梦

就像当年的你

从黄土地出发

到北京实现从军梦

走出家门

到外面的世界去闯荡

或许是每一个少年的梦想

热血在彭湃

青春在躁动

我们迟早要背起行囊

跨过家乡那条河

翻过父亲这座山

我是一个追梦人

梦碎了

我扬长而去

远走天涯

在钢铁水泥的森林里

没有花香

也呼吸不到新鲜的空气

天空是灰色的

被切割得支离破碎

高楼林立

人如蝼蚁

到处是形形色色的机器

人被装在一个个格子里

仰卧起坐

虚与委蛇

他们做着各种姿态和交易

不停地变换戏法和面具

大街上车来车往

不知驶向何方

也许永远在围城里

兜来兜去

人流如潮

行色匆匆

不带任何表情

或者一脸焦虑

人们被抛进

广袤而陌生的世界上

无家可归

游走在城市的边缘
一切都恍若隔世
我常常凭窗而立
重温从前那种
诗意的栖居
日出而作日入而息
花儿静静地开了又谢去
晨钟暮鼓
蓝蓝的天上
浮云或行或止
一场雨后
树叶青翠欲滴
蘑菇破土而出
小溪唱着不知疲倦的歌儿
奔向远方

想起那种四世同堂
无忧无虑的日子
生活平淡而清贫
相濡以沫
却其乐融融
在家的感觉

温馨、踏实而平静

生活在别处

人就飘起来像天上的流云

水里的浮萍

五、团聚

再也不能回到从前

但我们还会相聚

一切终归于尘土

我们都是匆匆的过客

只须遵照自然行事

且让我完成世间的劳作

等时候一到

我就将只身启程

甩掉所有的行囊

从容地踏上

你们走过的旅途

向着祖先的居地出发

我们都将如期归去

加入到祖先的行列

然后在遥远的天际

默默地注视

有时也会乘云而下

进入孩子们的梦乡

我们会永远活着
在家族的记忆中
在孩子们的心里
在那些特别的夜晚
于是思念和相逢
一遍遍被重温
爱和血脉
一代代延续下去
川流不息

2009．6．22

27 废墟上的沉思

终于踏上

这片苦难的土地

在一千多个日夜之后

那些亡灵

可曾在年年的哀悼中

得到安息?

那些伤痛

可曾被时间和风雨

渐渐抚平?

终于提起

这支秃笔

写一写关于你的文字

可是刚一下笔

却又禁不住泪落如雨

不知为什么

在举国发出最强音的时候

我竟完全失语

这每每让我

苛责自己

难道是

苦难太重笔太轻

唯有泪水和默念

才是最真诚的表达?

还是

我完全被灾难击倒

所谓的灵感和诗意

早已荡然无存?

抑或是

最深厚的情感

就像醇酒一样

需要多年的窖藏?

如今

痛定思痛

当回过神来

近距离再次瞩目你的时候

我还是被深深地震撼了

在无情的自然面前

人

就如蝼蚁一般渺小

苇草一样脆弱

苦心经营的家园

顷刻间化为废墟

千万鲜活的生命

突然在这一刻终结

2008 年 5 月 12 日 14 时 28 分 04 秒

然而

在残酷的自然面前

人

又是何其地伟大

一个个生命的奇迹

见证了人的坚强

无数关于爱和牺牲的故事

演绎了最为华彩的乐章

在山崩地裂的背景中

生命的交响乐

惊天地泣鬼神

真爱无言

至善无伪

大美无饰

而最绚烂的生命呵

也无须长久

瞬间便是永恒

川流不息

川人崛起

废墟上放射出万道光芒
那是人性的光辉在闪耀
那是生命的烈火在燃烧
不远处
一只美丽的凤凰
正浴火重生

2011．7．12

28 清明（其一）

思念与祭扫的时节

我没能回到你的坟前

添一抔土

你却来到梦中

与我相见

掐指算来

你该是走了三千里

也已经等了九百天

山高路长

你怎么从黄河岸边来到东海之滨？

夜黑雨大

又是怎么摸到我暂居的家门？

不，没有什么能阻挡牵挂的脚步

无论是千山万水

黑夜漫漫

还是阴阳相隔

昨夜

我迟迟未眠

难道是冥冥之中的等待

倾听你跋山涉水的足音

等待你穿越黑暗的到来

然后一起回到过去

在那熟悉的田野

在回家的路上

一晃十年

我离开家乡

你离开我们

只留下子欲养亲不待的遗憾

我是一个不孝和不幸之子

撕扯在梦想与亲情间

清晨

泪水倾泻而下

如昨夜潇潇的雨

窗前缤纷的落英

和随手写下的诗句

此刻

你可曾享用了女儿的祭品

收到她叠的纸钱

还有儿子们遥远的祭奠？

泪痕斑斑的句子

在火光中燃尽

那份哀伤久久未去

不绝如缕

终有一天

季节的风

会把所有的麦穗吹黄

掉落土里

我在静静地等待

重回大地的怀抱

陪伴在你身旁

直到永远

所有的亲人都会重逢

无论多遥远

还是多漫长

我们都有共同的栖居地

身化尘土

灵在天上

2013．4．5

29 清明（其二）

没有杏花微雨

没有纸灰飞扬

这是一个明丽的春日

我躺在南国山中的寓所

在故乡的黄土地上

你也静静地躺着

守望着那片麦田

年复一年

麦苗青了又黄

割了又长

选择远方

就回不了故土

也回不了过去

剪不断理还乱

而你也久已不来梦乡

一任这颗孤魂

在天边游荡

千山万水

隔着阴阳

我们就这样躺着

静静地对话

爱和思念

迟早会穿越时空

在每个特定的时刻

轰然奏响

一如傍晚这乍起的惊雷

和突降的滂沱大雨

2016. 4. 4

30 挽歌

——悼袁安国

晴天一声霹雳

欢乐的空气瞬间凝重

昨天还下着红包雨

今晨已是漫天霜雪

不测风云

在"我们的八七八"无情肆虐

三十年前

我们从四面八方

来到小城

来到"八七八"

组成我们的小小世界

从此六十五颗心

有了同一个脉搏

我们的记忆

有了共同的底色

寒窗苦读

青葱岁月

曲终人散

各奔东西
茫茫人海中
每一颗孤独的心
会在不经意的时刻
想起那些故人
和旧时光

终于，在这个五月
在青年节
这个属于我们的节日
大家在网上相聚
迫不及待地聊啊聊
像打了鸡血
没日没夜
穿越漫漫岁月
归来都是少年

我们期待聚会
重温往昔
和那些青春的梦
很快就要相见了呀
可是你
却不辞而别
独自远行

我在梦中被噩耗惊醒

不敢相信自己的耳朵

就像很多年前李国印那次

人都是要走的

可是不该这样仓促

甚至未及迎接

即将来临的小生命

我禁不住号啕

为一个年轻的生命

就让这山间呜咽的风

穿过千山万水

为你送行

人是一棵脆弱的苇草

一盏摇曳的孤灯

亲爱的朋友啊

我们都好自珍重

并暗自追问

生命之火怎样燃烧

在这漫漫长夜

才能不负此生?

2016. 5. 22

31 父亲节

我久已不写文字
无暇也无力
思念是一把锋利的剑
一经抽出
就把这颗柔软的心刺穿

你也久已不曾
来我梦里
只是端居云上
抑或在遥远的星空
默默注视

今天
山海苍茫
风雨凄迷
只为迎接
这个属于你的日子

我独自一人
呆在南国寓所
放下手头的活计

静静躺着

倾听你的讯息

房间里回响着《天边》的旋律

呜咽的马头琴

甫一奏起

我就禁不住泪落如雨

打湿了枕头和稿纸

为了诗和远方

我辞别故土

浪迹天涯

而你随后去了

比天边更远的远方

也许离别和忧伤

是人生的永恒主题

在哭声中你把我带来

在哭声中我送你离开

欢聚的时光

少之又少

故人的踪影

日渐依稀

那么一切顺其自然吧

在月如水的夜晚

在风乍起的日子

你就踏着月光来

乘着清风来

我也终将离开

这个喧嚣的世间

乘风归去

在云端与你相聚

然后同享宁静

永远沉寂

2017．6．18

32 悲情医生

——悼李文亮

深夜

一道雷电

击中一直紧绷的神经

引爆整个互联网

犹如一颗千万吨当量的核弹

剧烈的冲击波

瞬间把人们击溃

压抑已久的悲痛

以亿万倍于病毒的速度

在人们心头传播开来

宁静突然被打破

电闪雷鸣

山呼海啸

确诊的、疑似的、观察的、隔离的人们

惶恐的、悲哀的、脆弱的、莫名的人们

在无声的号令下

迅速在网上集结

众声喧哗

却都为同一个人发声

形成互联网史上一道奇观

夜深人静

本该是酣睡的时候

可这是个不眠之夜

数亿人同时祈祷

为一个素昧平生的医生

零时我撤下悼念

期待一个奇迹

我是多么希望

你能熬过寒夜

然后和父母妻儿

静候春暖花开

岁月静好

可你却不辞而别

乘风归去

背着一纸训诫

在夜空猎猎作响

说好的生命之树常青呢？

说好的不当逃兵呢？

在那个传说的世界末日

你说从今天起也许就联系不到你了

因为你要去拯救地球

一语成谶
可你没有拯救地球
甚至没能拯救同胞
包括你自己
你没有成功
尽管明天太阳照常升起

你开了一个天大的玩笑
老天也给你开了一个玩笑
从"造谣者"到"吹哨者"
从医生到病人
从生到死
在三十八天里
你即兴上演了一幕大戏
剧情跌宕起伏
圈粉数亿
我不知道哪个天才的编剧
在这个悲情时节
如此释放那些复杂的情绪

不管怎样我必须说
你没有失败
你是这个世上
最成功的眼科医生

你以一己之力
治愈亿万双失明的眼睛
从名不见经传的年轻后生
举世闻名
你在同学群的几句预警
秒杀一打海外权威期刊论文

你曾追问苏格拉底命题
什么样的生活值得一过？
却在不经意间
悄悄吹一声小哨
迎来人生的"高光时刻"
绘就这个季节最奇异的风景

2020．2．7

33 肺腑

——悼段正澄院士

机械狂人

十年磨一剑

段氏伽马刀

将肿瘤细胞精密定位

聚焦射杀

让百万绝望的民众

迎来春天

而您自己

没有迎来春暖花开

在这个风雪之夜

新冠病毒发起突袭

洗劫而去

白肺之下

藏着一个惊天秘密

匿名捐献的百万奖金

让数十个贫困的学子

砥砺前行

如此肺腑

引来一片发自肺腑的哀哭

2020．2．15

34 清明（其三）

冬去春来

寻常巷陌里

那些花儿照常盛开

故园屋檐下

似曾相识的燕子翩翩归来

杨柳风

清明雨

还是往年的天气

旧日的亭台

只是没有你的踪影

你在远方

在这个春天的篱笆之外

四处的大荒中

悲伤肆意地生长

像沐雨的野草

拔节的小麦

2020．4．5

第五辑　感　怀

仿佛旧主的旧梦的遗痕
仿佛风流云散的
旧友的渺茫的行踪
仿佛往事在褪色的素笺上
正如历史的陈迹在灯下
老人面前昏黄的古书中……
　　　　——卞之琳《入梦》

35 石化鱼

曾经

我是海里游来游去的鱼

剧烈的地壳活动

海底地震　火山爆发

把我裹进岩浆泥沙

空气隔绝　高温高压

泥沙板结岩浆冷却

慢慢地石化

亿万年后

我被抛在大地上

再后来

静静地躺在实验室

抑或博物馆

我依然栩栩如生

展开的鳍

片片的鳞

睁着的双眼

看不到挣扎

听不到呼唤

沉默里可有无声的呐喊

没有了呼吸

没有了自由

生命休止于那一瞬间

某个冬夜

一种神秘的力量

唤醒古老的记忆

呼啸的北风

起起落落的潮声

漫天飞雪

一朵朵飞溅的浪花

天地间

弥漫着海的气息

石化鱼

生命的一曲悲歌

自然的一段传奇

2006．4．21

36 生活与诗

生活
一潭死水
了无生气

心
亦如止水
无声无息

我把爱和忧伤
溶入水中
流成了诗

请问
还有什么
比诗更沉静
又有什么
比诗更汹涌

2006．4．22

37 时光

挺立在激流中
恍然回到洪荒年代
滔滔洪水扑面而来
我高举意志的利剑
斩浪而前

逝者如斯
我能抵挡汹涌的洪水
却挡不住飞逝的时间之箭
遍地的落花
分明是流年

这是一场残酷的豪赌
我抛出全部赌资
却落得不名一文
花谢尚待来年
生命只是一条单行线

与时间的战争没有悬念
人人都是待决的囚犯
那么就做西西弗吧
直面荒诞
滚石上山

2006．4．25

38 平安夜

多少人一再追问
神在哪里
天国有多远

多少人苦苦寻觅
神的恩典
天国的阶梯

上帝端居头上
天国就在心里
有爱有信有望
就能倾听神的声音
洞悉天国的神秘

2008. 12. 24

39 多雨的江南

这是江南

多雨的江南

雨把前方遮成暗淡

我看不清你

邻人呵

我的共事伙伴

一路同行

为何各走路的半边

近在咫尺

却像那遥远的云天

这是江南

多雨的江南

雨把思绪扯成缠绵

我望不到你

亲人呵

我的手足心肝

魂牵梦系

不见你的笑语欢颜

酒入愁肠

抽出这如缕的思念

这是江南

多雨的江南

雨把时光连成一片

我唤不应你

友人呵

我的知心同伴

促膝夜话

如今隔着湘水巴山

对酒当歌

已成如烟的梦幻

2009．4．6

40 到海边去

到海边去
让海风吹走倦意
让海水洗去征尘
在无人的清晨
和天地对话
在深沉的暮色中
观照浮生

到海边去
租一座白色的房子
倾听海的呼吸
海鸥的欢唱和鱼的呓语
看红彤彤的太阳
从海平面冉冉升起
最后遁入远山的家里

到海边去
在惊涛拍岸中
感受海的磅礴伟力
风平浪静的日子
就到岛上垂钓

满天星斗下

载着一船渔歌晚归

到海边去

每个有月亮的夜晚

同爱人在海滨漫步

孩子们赤着脚

在身旁嬉戏

入海的河流

带来远方家乡的讯息

到海边去

一个没有记忆的地方

让自由的风劲吹

在洁白的纸上作画

纵使沧海桑田

我也将执着地守候

那个古老的梦想

2009．10．17

41 诗酒人生

把肝胆摘下

泡入酒中

然后一饮而尽

长醉不醒

烈焰在胸中燃烧

铸就一柄利剑

刺破夜空

把心肠揉碎

融进诗里

然后缓缓抽取

愁绪缕缕不绝

化作绵绵春雨

在寒风中

纷纷扬扬

把肺腑掏出

埋在地下

然后永久雪藏

缝补残破之身

披上一件外套

在人海中
若隐若现

把头颅取下
寄到天上
然后叠起肉身
俯视魑魅魍魉
笑看万物百态
在尘烟中
遗世独立

把灵魂守住
置于山巅
然后缓缓升腾
阅尽世间风景
再无些许流连
在云霄中
享受永生

2012. 2. 7

42 生命

——答宋君《母亲寄歌》

母亲孕育了一个个生命
肉身和心灵
究竟是沉重
抑或轻盈
皆在入世修行

每个都是同质的肉身
又是独一无二的生命
差别就在
有没有顺应母亲的期望
成为大写的生命
强健的肉身
美的心灵

2016. 5. 9

43 纪念

这是一个纪念的日子

那个风起云涌的时代

群星闪耀的时代

那些激情燃烧的人们

风华绝代的人们

历经百年沧桑

依然应该被铭记

这是一个怀念的日子

那个久别重逢的日子

激动人心的日子

那些无拘无束的时光

相望相守的时光

纵使岁月流转

依然不会被忘却

2019．5．4

44 黑天鹅

秋冬季节

鸟类开始迁徙

黄鹤早已飞走

江城的天空上

出现一些外来的面孔

天鹅　大雁　红嘴鸥

飞越三千公里

从西伯利亚来越冬

这是一年中

最美的观鸟季

观鸟协会报告说

今年观测到五个新鸟种

红胸黑雁　铜蓝鹟　灰冠鹟莺　小滨鹬　翻石鹬

谁也没有留意到

在百鸟齐鸣中

一只黑天鹅

悄悄降临

从遥远的天际

从智者的唇间

2020．2．16

45 记梦

泥土

一锹锹堆起来

越埋越高

直到脖梗

湖水

一点点漫上来

越涨越深

直到嘴唇

寒风

一阵阵袭过来

越刮越大

直到肺叶

绳索

一道道绕进来

越勒越紧

直到肋骨

夜空下

万籁俱寂

星星从天幕划过

鸟儿在梦中飞翔

2020．5．20

第六辑　乡　愁

给我一瓢长江水啊长江水

酒一样的长江水

醉酒的滋味

是乡愁的滋味

给我一瓢长江水啊长江水

——余光中《乡愁四韵》

46 走吧

走吧

繁花开尽

青草枯黄

落叶一声轻叹

作着最后的挥别

南国的天

秋意渐浓

走吧

雁阵开始集结

准备新的迁徙

风从北方来

传递故乡的密语

河流穿过高山和荒漠

奔向大海

走吧

鬓毛已衰

思念消瘦

每个月圆的夜晚

都有同一个梦境

梦里不知身是客

犹在家中

走吧

鸽哨响起

心已启程

2012. 10. 27

47 相聚

走过千山万水

穿越三十年光阴

重新相聚在东明

在二零一七

这个明媚的春日

昔日的校园

遥远而又熟悉

古老的教室

简陋的宿舍

露天的饭场

花儿在园中静静开放

敲响的铃声舒缓悠扬

回荡在走廊的男高音

或浑厚或嘹亮

费翔 齐秦 罗大佑 邓丽君 李玲玉……

那些年我们追过的明星

路遥 琼瑶 三毛 席慕蓉 汪国真……

那些年我们喜爱的作家诗人

陪伴我们走过青葱岁月

如今已成过眼烟云

甚或香消玉殒

印象最深的

还是朝夕相处的老师同学

老师讲的几乎如数奉还

音容笑貌却记忆犹新

同桌的你

曾经的点点滴滴

睡在我上铺的兄弟

那些逸闻趣事

依然鲜活如初

为人津津乐道

光阴的故事

让我们再听一遍

关于青春和梦想

关于友谊和爱情

重返八七八

是一次时光逆旅

穿越了时空隧道

都还是那个当年的你

佳期将至

遍插茱萸

游子远在天涯

月明夜

风作马

载我驱驰三千里

昨梦又还家

与君会饮三百杯

聊慰离愁与牵挂

八七八呵八七八

人生风景中永不凋谢的花

2017．1．24

48 我从黄河走过

我从黄河走过

筑就生命的底色

一如千百年的先人

匍匐在大地上

兀自生长

日夜劳作

我从黄河走过

阅尽两岸的景色

花开无声谢无痕

风卷残阳入冰河

斗转星移

变幻莫测

我从黄河走过

自知难为归客

山高更兼水长

孤舟逆旅向洋

飘泊即命

岸在远方

2017．3．21

49 夜饮

今夜

我独自坐在

山中的寓所

静默良久

恍惚中想起

深藏在柜中

那瓶陈年的酒

今夜

我独自站在

岁月的尽头

沉吟良久

瓶盖和记忆

缓缓打开

久违的芬芳

弥散开来

我端起酒杯

一饮而尽

一道灼热

穿肠而过

如烙铁熨平肺腑
如流星划破夜空

窗外
灯火阑珊
北风穿过林间
残月凝成永恒

2018．2．15

50 秋思

昨儿一个梦

今又一个梦

不知怎么了

一闭眼

就是还乡

时光飞逝

渐行渐远

一切早已物是人非

唯有在梦中

故乡依旧

人也依旧

长长的胡同

清清的池塘

临水而建的院子

空空荡荡

老式的木门

在风中吱吱作响

妈妈站在门口

还是多年前的模样

中庭老树

红瓦白墙下

埋藏着青春

曾经的激扬和迷茫

黄河 长江

东海 南海

一叶扁舟

在江海游荡

却从未驶出

那个小小的港湾

2019．10．13

51 秋色

入夜

静坐窗前

一弯新月

高悬在天上

如水的旋律中

一道遥远的秋色

穿过浓重的夜色

扑面而来

北方的大地

一片空旷

枯草在风中萧瑟

秋虫唱着最后的挽歌

麦苗在霜露下

展现生命的底色

村头的林荫道上

无边落叶萧萧下

千百次

千百个

外出的游子

踏着落叶而来

踏着落叶而去

消失在浓重的秋色中

消失在岁月的烟尘中

寒来暑往

天南地北

故乡的秋色

成了游子心头一抹绝色

2019．11．2

52 梦境

昨夜做了一个梦

还是一些故人

一些熟悉的场景

不过情节有些错乱

穿越在悠远的时空

我常沉浸在梦中

逆着时光行走

回到某个古渡口

乘上不系之舟

在岁月的江河漫游

田野 街巷 院落

先辈 亲人 师友

旅人呵

远方的风景各异

枕上的河山依旧

2020．3．7

53 征途

不忘来处
从北方乡间
黄河故道
听春秋凤鸣
希腊哲语

不问归处
到江南古城
珠江东岸
望天涯海角
梧桐烟云

三千年古风
吹开折叠的翼
三千里明月
照亮归去的路

2020．6．6

第七辑 即 景

看天，看星，看月，看太阳。

也看山，看水，看云，看风，

看春夏秋冬之不同，

还看人世的痴愚，人世的倥偬：

静默地看着，乐在其中。

——戴望舒《赠克木》

54 看海

总想去看海

看一看海的宽广

深邃和平静

却总是陀螺一样

忙个不停

来到海滨城市这么久

才初次来到海边

这是一个风和日丽的春日

再也不想加班的周末

一早醒来

决定去海边走走

吹一吹海风

拂去心头莫名的惆怅

这是象山的一处海湾

风平浪静

近岸的海水

轻柔地拍打着海岸

一波波细浪次第涌来

化作碎琼乱玉

落花缤纷

海水退去
赤脚下的细沙迅速沦陷
时光在这一刻飞逝
令人恍然想起当年
子在川上的箴言

是呵
逝者如斯
我跋涉半生
你静等亿万年
迟来的相遇
让我们相顾无言

太多的琐屑和纷扰
遮蔽了内心的召唤
世间的许多风景
常常被错过
来得太迟了
不是时过境迁
就是沧海桑田

　　　2006．4．14

55 春天

四月的早晨

雨后初晴

打开窗子

清风徐来

阳光灿烂而妩媚

就在转身的一瞥间

蓦然发觉

一道浅浅的绿意

原来那棵早已干枯的文竹

重新焕发了生机

嫩枝在枯黄的茎叶下悄然长出

毛茸茸的枝头泛着白色

那是玉女的纤纤小手

初次触摸这个世界

那是婴儿躲在奶妈腹下

怯怯地探头张望

多少生命

在寒冬里枯干

只有执着守望

才会迎来

下一个春天

2006．4．22

56 画像

一架书

一丛竹

一壶酒

一支笔

一根箫

一柄剑

一腔热血

一片柔情

一股浩气

一脸沧桑

一副行囊

一蓑烟雨

一颗平常心

一场悲欢人生

2006．4．22

57 即景

浮云来来去去

鸟雀喳喳叽叽

花儿开开合合

风雨凄凄迷迷

生活起起落落

人们悲悲喜喜

此心平平淡淡

静观万物天地

2009. 10. 12

58 寂静的春天

在这个千里冰封的冬天

雪虐风饕

一种新型病毒

悄然在人群中传播

角落里传出的几下哨声

戛然而止

病毒开始疯狂肆虐

戴上口罩

宅在家里

一双大手按下暂停键

欢乐的世界一下愣住

陷入死一般沉寂

在这个乍暖还寒的春天

迎春花开了

箹杜鹃开了

在山野

在街巷

一如既往

可是为谁开呢

飘来飘去的云

行色匆匆的风

2020．2．28

后 记

　　值此诗集出版之际，请允许我表达由衷的谢意：感谢深圳市盐田区文联蒋祖逸主席、王玉祥秘书长、张帆科长，为了诗集的出版付出了颇多心血；特别感谢深圳市盐田区作家协会钟芳主席，让我融入作家协会大家庭，结识众多良师益友；感谢深圳市盐田区委宣传部，精心策划出版这套《梧桐深处》丛书，让我们盐田作者以笔为犁献礼深圳经济特区成立 40 周年；感谢我的老师、珠海市作家协会副主席石耿立教授为诗集作序！

　　感谢我在不同时期和不同地方结识的亲爱的人们，无论是在北方还是南方、故旧还是新交，无论是师长还是同学、领导还是同事，都给予我许多关爱、帮助、鼓励和支持，使我在孤独的行旅中备感温暖，在如晦的风雨中奋力前行，在黑暗的时刻看到人性的光辉。我无以为报，只能以这些微薄的文字表达诚挚的感谢，通过这些诗句寄托深切的思念，而更多的则是铭记在心并默默祝福，愿阖家安康，幸福美满！

　　感谢我的家人，为我做出了重大牺牲。孔子曰："父母在，不远游。"而我为了所谓的诗和远方，背井离乡，渐行渐远。就在我外出求学之际，父亲和祖母相继过世，悲哉痛哉！"子欲养而亲不待"，这是此生永远的遗憾！长歌当哭，每每读起那些诗句，总是不能自已。好在老母健在，虽已届古稀之年，但身体健康，精神愉快。一大家人悉心照料，使老人家颐养天年，使我深感欣慰。感谢爱人和弟弟妹妹阖家尽孝，免除我的后顾之忧！顺便说下，我向来写作随意，有时随手写在小纸片上，或油印试卷的背面，随写随扔。爱人梁明荣帮我保藏了一些，虽然多次搬家，丢了很多东西，所幸这些草稿居然还在！纸面发黄，字迹潦草，残缺不全，就像记忆，就像人生。

杨卫华

于深圳盐田海桐居

2020 年 6 月 6 日